AF320410

© 2025 Roger SEILLE

Édition : BoD · Books on Demand, 31 avenue Saint-Rémy, 57600 Forbach, bod@bod.fr
Impression : Libri Plureos GmbH, Friedensallee 273, 22763 Hamburg (Allemagne)
ISBN : 978-2-3226-6171-8
Dépôt légal : Mai 2025

PRENEZ VOTRE DESTIN EN MAIN

DONNEZ UN COUP DE PIED DANS LA FOURMILIERE

CITOYENS ! L'heure n'est plus à la résignation. Brisez la fourmilière.

Pendant trop longtemps, on vous a confisqué la parole.

On vous a réduit au silence, au bulletin de vote intermittent, à la fausse consultation.

On vous a fait croire que la démocratie se résumait à choisir tous les cinq ans entre des options déjà verrouillées.

Mais la démocratie ne se délègue pas. Elle se vit, elle se construit, elle se défend.

Et elle est en danger.

Ce livre n'est ni un programme, ni une vérité gravée dans le marbre.

C'est un appel.

Un appel à réveiller la souveraineté populaire. À se réapproprier le débat, la décision, l'action.

Il rassemble des idées, des récits, des expériences de terrain. Il donne la parole à ceux qu'on n'écoute jamais. Il met en lumière l'aspiration profonde de notre époque : celle d'un peuple qui ne veut plus subir, mais choisir. Décider. Construire.

Car aujourd'hui, des institutions verrouillées protègent des intérêts privés au détriment de l'intérêt général. La verticalité du pouvoir a coupé les citoyens de toute capacité réelle d'agir. Il est temps d'en finir avec cette démocratie d'apparat.

Ce livre est une base. Un point de départ. Pour imaginer ensemble une démocratie réelle. Participative. Directe. Vivante.
Une démocratie qui rende enfin à chacun le droit d'être acteur de sa cité, de son avenir, de sa vie.

Si vous partagez ce besoin vital de changement, si vous croyez encore qu'un peuple debout peut reprendre les rênes de son destin, alors ce livre est pour vous.
Lisez. Échangez. Organisez-vous.
Et faites résonner votre voix. Partout.

Chapitre 1 — NE LAISSEZ PLUS DÉCIDER POUR VOUS !

Dans un monde en mutation, vos voix restent souvent étouffées.

Ignorées par les pouvoirs en place, écrasées par des intérêts particuliers ou financiers.

D'autres parlent à votre place. D'autres décident pour vous.

Et cela, vous le sentez chaque jour un peu plus : c'est devenu insupportable.

Insupportable de vivre dans un système où votre parole n'a pas de poids,

où vos besoins sont relégués en bas de page — s'ils ne sont pas effacés,

où les décisions tombent d'en haut, comme des couperets, sans appel.

On vous consulte rarement. Et quand c'est le cas, c'est pour mieux ignorer vos réponses.

On vous dit que tout change, que tout va plus vite, qu'il faut s'adapter.

Mais derrière ces discours, ce sont toujours les mêmes qui dirigent.

Les mêmes qui possèdent, influencent, écrivent les lois.

Ceux qui vivent hors-sol, loin de vos réalités.

Et vous, dans tout cela ?

On vous demande d'être patients, raisonnables.

De faire des efforts. Encore.

Mais on ne vous donne plus le droit de comprendre. Ni celui de choisir.

Ce déséquilibre, vous l'avez vu grandir.

Au début, c'était diffus : une gêne, un doute.

Puis une colère rentrée. Une fatigue. Un malaise profond, qui ne dit pas son nom.

Aujourd'hui, il est là. Il vous serre la gorge.

Vous savez que ça ne peut plus continuer ainsi.

Parce que se laisser voler sa voix, ce n'est pas une fatalité.

Parce que perdre prise sur sa vie, c'est une forme lente d'effacement.

Et parce que rien ne changera si ceux qui voient, qui comprennent, qui ressentent — **vous** — ne prennent pas la parole.

Ce chapitre est le point de départ d'un refus.

Refus de rester spectateur.

Refus de laisser d'autres penser à votre place.

Refus d'accepter un monde qui vous nie.

Il ne s'agit pas de tout renverser en un jour.

Mais de recommencer à parler. Ensemble.

À poser les questions essentielles.

À imaginer autre chose que la résignation.

Vous n'êtes pas seuls.

Et surtout, vous n'êtes pas impuissants.

À condition de ne plus laisser quiconque décider pour vous.

Chapitre 2 - CE QUE NOUS VOYONS CHAQUE JOUR

On nous parle d'adaptation, d'innovation, de transition.

Mais chaque jour, ce que nous voyons, c'est la résignation, la colère et le sentiment d'être abandonnés.

Nous voyons des familles qui travaillent dur sans parvenir à vivre décemment.

Parmi elles, des femmes seules avec enfants, contraintes de choisir entre se chauffer ou se nourrir, prises au piège d'un quotidien sans marge.

Des jeunes qui enchaînent les contrats précaires, sans aucun horizon.

Des quinquagénaires licenciés qu'on traite comme des poids morts.

Et pendant ce temps, certains accumulent des fortunes sur des écrans, sans produire ni créer quoi que ce soit d'utile.

Nous voyons l'école qui promettait l'égalité, et qui aujourd'hui trie les enfants de plus en plus tôt.

Une école où l'on ferme des classes dans les zones rurales, où les enseignants suppléants se succèdent, parfois sans formation.

Des enfants en difficulté que l'on laisse de côté, parce

qu'ils ne rentrent pas dans la case.

Une éducation à plusieurs vitesses : publique sous-financée pour la masse, privée soignée pour ceux qui peuvent.

Nous voyons des logements indignes, des passoires thermiques en plein hiver, des loyers délirants dans les villes.

Des expulsions à la chaîne, des familles jetées dehors, des gamins réveillés par les gendarmes, des meubles sur le trottoir, et personne pour les accueillir.

Et les listes d'attente pour un logement social s'allongent, sans réponse.

Nous voyons une justice lente, inaccessible, parfois aveugle.

Un système judiciaire débordé, où les victimes attendent des mois, voire des années.

Des avocats surchargés, des greffiers épuisés, des tribunaux saturés.

Et une justice à deux vitesses là encore : si vous avez les moyens, vous accélérez ; sinon, vous subissez.

Nous voyons des déserts médicaux, et une médecine publique à bout de souffle.

Des généralistes introuvables, des hôpitaux en tension constante, des soignants qui craquent.

Des femmes qui accouchent à 100 kilomètres de chez elles.

Des malades renvoyés chez eux trop tôt, faute de lits.

Et de l'autre côté, des cliniques privées qui prospèrent.

Nous voyons aussi le quotidien se tendre.

Des incivilités qui se multiplient, une violence ordinaire, des tensions sociales dans les transports, à l'école, dans les rues.

Un sentiment d'insécurité qui n'est pas toujours une illusion.

Mais au lieu d'un État présent, humain, juste, on nous répond par des caméras, des drones, des chiffres — et l'indifférence sur le terrain.

Et pendant que tout cela s'enlise, les discours politiques deviennent toujours plus creux, plus déconnectés.

On vante les start-ups, l'innovation, la modernité — mais à quoi bon innover si l'on abandonne l'essentiel ?

On parle d'Europe, de compétitivité, de croissance verte... pendant que des millions de personnes n'ont plus de médecin, plus de logement, plus de repères.

Nous voyons une élite qui ne vit plus dans le même pays que le reste de la population.

Qui ne prend plus les mêmes transports, ne fréquente plus les mêmes hôpitaux, n'envoie pas ses enfants dans les mêmes écoles.

Qui donne des leçons du haut de ses privilèges, et méprise ceux qui souffrent.

On l'appelle "classe dirigeante". Ce qu'elle dirige surtout, c'est le sentiment de rejet.

Tout cela n'est pas un fantasme, ni un pamphlet. C'est ce que nous voyons chaque jour, dans nos villes, nos villages, nos familles, nos entourages.

Ce n'est pas la faute d'un "contexte mondial". Ce n'est pas une fatalité.

C'est une organisation volontaire d'un système où l'humain passe après l'intérêt, la logique après la rente, le bon sens après les consignes.

Si vous vivez cette réalité, alors vous savez. Si vous ne la vivez pas encore, ne croyez pas qu'elle est loin de vous.

Elle vous rattrapera un jour ou l'autre, si rien ne change.

Chapitre 3 – ON VOUS A VOLE LA POLITIQUE

On vous a dit que vous n'y compreniez rien. Que c'était trop complexe pour vous. Que la politique, l'économie, les institutions, ça demandait des experts. Que vous n'aviez ni les diplômes, ni le recul, ni les codes. On vous a exclus du débat en prétendant vous représenter. Et pendant que vous travailliez, que vous éleviez vos enfants, que vous faisiez de votre mieux, **d'autres ont tranché pour vous.**

On vous a volé la politique.

Petit à petit. Par petites touches. Sous prétexte d'efficacité, de rationalisation, d'adaptation au "monde moderne". Des territoires entiers ont vu disparaître les services publics, les bureaux de poste, les maternités, les tribunaux, les guichets de gare. Les élus de proximité n'ont plus de pouvoir. Les lois viennent d'en haut, votées par des députés souvent alignés sur les consignes de leur parti, plus que sur les besoins de leur circonscription. Et quand l'Europe impose, ils s'inclinent.

On vous a dit que voter, c'était encore une chance. Mais à chaque élection, les candidats se ressemblent, les promesses s'évaporent, les trahisons s'enchaînent. Les alternances ne changent rien d'essentiel. Ce que la gauche a abandonné, la droite ne l'a pas repris. Ce que la droite a détruit, la gauche ne l'a pas reconstruit. Et toujours, en filigrane, l'Union Européenne dicte, les multinationales valident, les lobbys orchestrent.

La politique, dans son sens noble — la capacité du peuple à décider de son destin — a été remplacée par un théâtre d'ombres. Des "réformes" écrites ailleurs, habillées de mots creux, votées à la va-vite. Des décisions majeures prises sans débat, sans référendum, sans mandat. Des gouvernements qui gouvernent contre le peuple, tout en jurant agir pour son bien.

On vous a même volé le sens des mots. "Réformes" pour parler de reculs. "Progrès" pour justifier des suppressions. "Responsabilité" pour exiger toujours plus de sacrifices. Pendant qu'on vend les autoroutes, les aéroports, les barrages hydrauliques, la souveraineté budgétaire, le droit du travail, on vous parle "d'Europe qui protège". Mais protège qui ? Certainement pas ceux qui travaillent, qui produisent, qui élèvent, qui soignent, qui éduquent.

Le vrai pouvoir a glissé ailleurs. Il est dans les conseils d'administration, dans les cabinets de conseil, dans les mains d'experts autoproclamés, dans des institutions opaques, non élues, inaccessibles.

Alors que vous, vous avez été réduits au silence. Par la peur du "populisme", par la culpabilisation, par l'humiliation médiatique, par la disqualification morale.

Mais ce que vous ressentez — ce n'est pas de l'ignorance. **C'est de la lucidité.**

Ce que vous réclamez — ce n'est pas le chaos. **C'est le retour du bon sens.**

Ce que vous exigez — ce n'est pas un miracle. **C'est le droit de reprendre la main.**

Et ce que vous préparez — ce n'est pas un simple sursaut. **C'est une reconquête.**

Chapitre 4 – Ne restez pas spectateurs: reprenez la main

À force de désillusions, beaucoup ont baissé les bras. Certains ne votent plus, d'autres ne croient plus à rien. D'autres encore s'indignent devant leur écran ou au comptoir d'un bistrot, mais ne croient plus vraiment que ça puisse changer. Ce découragement n'est pas une faiblesse : c'est une conséquence. Une conséquence d'années de trahisons, de promesses non tenues, de choix imposés par des élites qui ne vivent pas la vie qu'elles prétendent gouverner.

Mais ce découragement est aussi un piège. Car pendant qu'on baisse la tête, d'autres avancent. Pendant qu'on attend, d'autres décident. Pendant qu'on se résigne, d'autres organisent notre impuissance. C'est pourquoi reprendre la main n'est pas un luxe, ni un vœu pieux. C'est une nécessité vitale.

Refuser la résignation

Il faut commencer par dire non. Non à cette idée sournoise que « rien ne peut changer ». Non à cette rengaine selon laquelle « tous les politiques sont les mêmes », « ça a toujours été comme ça », « il n'y a pas d'alternative ». Cette litanie est leur meilleure arme.

Elle fait taire les colères, gèle les esprits, paralyse les volontés. Pourtant, rien n'est plus faux. L'Histoire le montre : les peuples qui se lèvent peuvent tout changer.

Mais se lever, ce n'est pas juste manifester un jour de colère, puis rentrer chez soi. C'est commencer à penser, à parler, à s'organiser. À sortir de l'indignation stérile pour entrer dans la construction.

Se réapproprier les mots

Les mots ont été volés. Le mot « république » sonne creux quand elle abandonne ses citoyens. Le mot « démocratie » devient risible quand les décisions les plus importantes sont prises loin du peuple, dans des commissions européennes ou des lobbies opaques. Même le mot « nation » est devenu suspect, comme si aimer son pays était un danger.

Il est temps de reprendre ces mots. De les laver de leur saleté, de les rendre à ceux à qui ils appartiennent : nous. Aimer la justice, l'égalité, la liberté, ce n'est pas être passéiste. Vouloir vivre dignement, ce n'est pas être radical. Réclamer la souveraineté populaire, ce n'est pas être extrémiste, c'est être fidèle à notre Constitution.

Créer des espaces de pensée libre

Il faut se remettre à penser ensemble. Cela peut commencer simplement : un groupe d'amis, une salle de village, un atelier dans un quartier, un site indépendant, au sein de l'entreprise. Pas besoin d'être diplômé pour avoir des idées. Ce que nous avons vécu, ce que nous voyons, ce que nous ressentons, tout cela compte.

Il ne s'agit pas de refaire les débats de télévision. Il s'agit de construire des idées neuves, enracinées dans la réalité. Échanger, confronter, écouter, noter. Reprendre l'habitude de penser avec les autres, pas contre les autres.

S'organiser en dehors des structures traditionnelles

Les partis politiques ? Beaucoup les ont quittés ou ne s'y sont jamais reconnus. Les syndicats ? Affaiblis, divisés, parfois complices. Il ne faut pas attendre d'en haut ce qui peut naître d'en bas.

Il faut, de partout et en tout lieu, créer des collectifs, des assemblées locales, des réseaux, regroupant lycéens, étudiants, ouvriers, cadres, commerçants, patrons, intellectuels... Il faut les faire grandir. Il faut les multiplier. Et il faut imaginer de nouvelles formes d'organisation. Utiliser les outils numériques sans se faire piéger par eux. Créer des plateformes ouvertes, transparentes, démocratiques. Partager les idées, les expériences, les savoirs.

Construire un socle commun
Tout ne peut pas venir d'un seul cerveau. Mais certaines priorités reviennent partout. Et c'est à partir de là qu'un projet peut naître.

- Une vraie justice fiscale : ceux qui ont le plus doivent contribuer plus.

- La relocalisation des activités essentielles : alimentation, médicaments, énergie.

- La défense des services publics : école, santé, transport, énergie, eau, police.

- La sortie des traités européens qui étouffent notre souveraineté.

- La restauration de la démocratie réelle : référendums, mandats révocables, contrôle citoyen.

Ce ne sont pas des rêves : ce sont des choix politiques. Ils ne seront jamais proposés par ceux qui profitent de l'ordre actuel. Il faut les imposer. Par la réflexion, puis par l'organisation.

Unir les colères au lieu de les opposer

On divise les précaires et les petits patrons. Les salariés et les indépendants. Les retraités et les jeunes. Les urbains et les ruraux. Mais tous, nous subissons les mêmes politiques absurdes. Tous, nous perdons du pouvoir d'achat, de la liberté, de la dignité.

Ce n'est pas votre voisin qui est responsable. Ce ne sont pas les étrangers les plus pauvres, ni les chômeurs, ni les jeunes paumés. Le vrai pouvoir, le pouvoir décisionnaire, n'est ni dans la rue, ni dans les médias. Il est dans les conseils d'administration, dans les traités, dans les ministères déconnectés du terrain.

Alors unissons les colères. Parlons. Pensons. Agissons. Ensemble. Parce que parler sans agir ne sert à rien. Et pour agir, il faut savoir où l'on veut aller.

Chapitre 5 – Écouter ce que disent les gens

Avant de prétendre construire un projet pour tous, il faut commencer par écouter. Pas les experts, les éditorialistes ou les candidats en campagne, mais les gens. Ceux qui vivent, qui bossent, qui galèrent. Ceux qu'on n'écoute jamais, qu'on réduit à des chiffres ou à des clichés. Ceux qui pourtant parlent — et disent souvent vrai.

Écouter, c'est tendre l'oreille dans les files d'attente, sur les bancs publics, à la sortie des usines, dans les cantines, dans les transports, sur les réseaux, dans les marchés, les salles d'attente, les dîners de famille, au bistrot du coin. C'est entendre ces paroles simples, parfois maladroites, mais lucides.

Ce que les gens disent

Ils disent qu'ils n'en peuvent plus de travailler pour ne rien avoir à la fin.
Qu'ils paient toujours plus pour des services qui se dégradent.
Que leur médecin est parti, que leur école ferme, que le train ne passe plus.
Qu'ils ne comprennent plus les factures, les lois, les

formulaires, les discours.

Qu'on ne les respecte pas, qu'on les infantilise.

Qu'on culpabilise les pauvres, qu'on excuse les riches.

Qu'on parle d'égalité mais qu'on organise l'injustice.

Que l'argent coule à flots pour les grandes entreprises, mais jamais pour eux.

Qu'on se fiche de leur avis, sauf au moment de voter — et encore.

Qu'ils ne reconnaissent plus leur pays, ni dans ses paysages, ni dans ses valeurs.

Qu'ils ont peur pour leurs enfants. Qu'ils sont fatigués d'avoir peur.

Et puis, au-delà de la colère, ils disent aussi : Qu'ils veulent vivre dignement.

Qu'ils veulent qu'on s'occupe des hôpitaux, des écoles, des routes.

Qu'ils veulent de la justice, pas de la charité.

Qu'ils aimeraient pouvoir faire confiance, un jour.

Qu'ils veulent qu'on arrête de les opposer les uns aux autres.

Qu'ils aimeraient comprendre, participer, choisir.

Qu'ils ne demandent pas le luxe, mais la décence.

Qu'ils sont les seuls à qui on demande sans cesse des efforts pour rembourser une dette qu'ils n'ont pas contractée.

Faire de cette parole un socle

Ce que disent les gens n'est pas un programme. C'est mieux que ça : c'est un point de départ. Une boussole. Un fond commun. C'est à partir de cette parole qu'on peut construire quelque chose de solide. Quelque chose qui ne ressemble pas à un slogan vide, mais à une promesse tenue.

Il ne s'agit pas de parler à la place du peuple. Il s'agit de faire monter sa voix jusqu'au cœur du débat. De faire du bon sens populaire une force politique. Et de transformer l'intuition collective en stratégie partagée.

Un projet crédible, c'est d'abord un projet compréhensible. Qui parle vrai. Qui touche juste. Qui rassemble large, parce qu'il part de ce que tout le monde vit.

C'est à partir de cette parole – pas d'un logiciel électoral ou d'un cercle d'experts – qu'il faut maintenant construire.

Chapitre 6 – De la parole au projet : reconstruire un cap commun

On a entendu. Les mots sont là, bruts, sincères, sans filtre : fatigue, injustice, solitude, colère, espoir brisé mais tenace. Ce que les gens disent n'est pas un brouhaha confus. C'est une matière première. Une base solide. Il faut maintenant passer du constat à la construction. Du "ça ne va pas" à "voilà ce qu'on peut faire".

Ce que nous avons, c'est une boussole

Il ne s'agit pas d'inventer un projet dans un laboratoire, mais de tirer le fil des évidences populaires. Ce que disent les gens dessine une direction. Ils ne veulent plus d'un monde organisé autour du profit. Ils veulent un pays organisé autour de la vie.

Ils veulent :

- Que chacun puisse vivre de son travail.

- Que les services publics redeviennent une fierté nationale.

- Que la loi soit la même pour tous.

- Que l'argent public aille à l'intérêt général.

- Que la politique redevienne une affaire de citoyens.

Ce n'est pas radical. Ce n'est pas naïf. C'est juste. Et c'est faisable — à condition de le vouloir vraiment.

Un projet qui remet les choses à l'endroit

Il faut renverser la logique qui guide les décisions depuis trop longtemps. Remettre l'économie au service de la société, et non l'inverse. Redonner du sens aux mots galvaudés : liberté, égalité, fraternité, justice, dignité. Cela passe par des chantiers clairs.

1. Reprendre le contrôle démocratique

Fin de l'impunité des élus : les responsables publics doivent répondre de leurs actes comme n'importe quel citoyen. Cela implique :

1. Inéligibilité automatique en cas de condamnation pour corruption, prise illégale d'intérêt, détournement de fonds, violences ou délits graves.

2. Levée du secret sur l'usage des enveloppes, frais de mandat, fonds spéciaux : tout argent public utilisé par un élu doit être traçable et contrôlable.

3. Mise en place d'un véritable parquet indépendant, chargé de poursuivre les affaires politiques sans pression du pouvoir exécutif.

4. Engagement programmatique contraignant : un élu qui trahit délibérément son mandat (promesses majeures non tenues, votes à l'inverse de son engagement électoral) peut être **révoqué par référendum populaire**.

Référendums d'initiative citoyenne.

Budget participatif dans chaque collectivité.

Médias indépendants réellement protégés.

2. Réparer le pacte social

- Revalorisation des salaires les plus bas, encadrement des plus hauts.

- Impôt plus progressif, chasse aux paradis fiscaux.

- Services publics renforcés et sanctuarisés : santé, éducation, énergie, justice, sécurité.

- Retraite digne, sans bricolage technocratique.

3. Reprendre la main sur notre souveraineté

- Réexamen des traités européens contraires à l'intérêt national.

- Priorité aux productions locales, relocalisation des secteurs vitaux.

- Fin de l'ingérence des lobbies dans les décisions politiques.

4. Redonner sens et fierté à l'engagement

- Reconnaître la valeur de tous les métiers utiles à la vie commune.

- Encourager les coopératives, les associations, les initiatives locales.

- Déconcentrer le pouvoir : redonner du souffle aux maires, aux territoires.

Un projet qui rassemble au lieu de diviser

Ce projet n'est ni de droite ni de gauche. Il est enraciné. Il est lisible. Il répond à ce que les gens vivent. Il n'exclut personne d'honnête. Il ne cherche pas des boucs émissaires mais des leviers d'action. Il ne part pas d'un dogme mais d'un besoin partagé : retrouver la maîtrise de nos vies.

On n'imposera rien d'en haut. Mais on peut faire émerger un cap, à partir d'en bas. Si on sait écouter, si on sait unir, si on sait décider ensemble. Le projet n'est pas une théorie : c'est une force qui prend forme quand elle est portée par un peuple conscient de sa valeur.

Il ne s'agit plus seulement de refuser : il s'agit maintenant de proposer. Et de tenir.

Chapitre 7 – S'organiser localement pour construire nationalement

Nous l'avons vu : on ne reprendra pas la main en votant une fois tous les cinq ans, ni en attendant qu'un homme providentiel tombe du ciel. Si nous voulons sortir de la résignation, il faut construire une autre voie. Une voie qui parte d'en bas, de la réalité, du quotidien. C'est pourquoi **l'organisation locale** est le cœur du renouveau.

Créer une structure lisible et ouverte

Tout projet qui veut durer a besoin d'un minimum de méthode. Il ne s'agit pas d'inventer un énième parti, mais un **réseau d'assemblées citoyennes** articulées à tous les niveaux :

- **local (commune ou quartier, entreprise)** : pour parler, débattre, agir, créer des solidarités concrètes.

- **départemental** : pour mutualiser les ressources, coordonner les actions, transmettre les idées.

- **régional** : pour représenter la diversité des territoires et peser à une autre échelle.

- **national** : pour porter une voix commune, construite à partir de la base, et proposer une alternative claire.

Cette structure doit être **souple, horizontale, transparente**. Pas de hiérarchie figée, mais des rôles tournants, des mandats limités et révocables, un accès égal à l'information, et surtout : un pouvoir qui remonte, jamais l'inverse.

Former, partager, transmettre

S'organiser, cela s'apprend. Nous n'avons pas tous les mêmes repères, les mêmes outils, les mêmes habitudes. Il faut donc mettre en place :

- des **formations citoyennes** : comprendre les lois, les institutions, les mécanismes économiques.

- des **ateliers d'expression** : apprendre à prendre la parole, à rédiger une proposition, à dialoguer.

- des **ressources communes** : une bibliothèque en ligne, des modèles de tracts, des expériences partagées.

Former ne signifie pas créer des élites. Cela veut dire **rendre chacun capable de comprendre, d'agir, de décider**. Car c'est cela, la démocratie vivante.

Ne pas attendre le bon moment : l'inventer

Il n'y aura jamais de moment parfait. Le "bon moment", c'est maintenant. L'urgence est là, dans chaque école qui ferme, chaque hôpital saturé, chaque emploi détruit, chaque injustice banalisée.

Il ne s'agit pas d'attendre qu'un parti s'aligne avec nos idées, mais **de devenir nous-mêmes la force qui pèse**. Et cette force se construit, se renforce, se diffuse, à partir de petites équipes, de groupes qui se forment autour d'un projet, d'une envie, d'un refus de plus.

Assurer l'indépendance financière

Aucune organisation ne peut durer sans moyens. Mais pour rester libre, il faut éviter les pièges de la dépendance et construire une **économie militante, sobre et transparente**.

1. Cotisations volontaires
Chaque groupe local peut proposer une **cotisation libre**, selon les capacités de chacun. Ce n'est pas un droit d'entrée, mais un acte de solidarité pour financer

les actions concrètes : tracts, affiches, salles, déplacements.

2. Caisse de mutualisation

À l'échelle départementale ou régionale, une **caisse commune** peut aider à financer un projet local ou un besoin ponctuel (ex : acheter un vidéoprojecteur pour des réunions publiques). Chaque groupe reste autonome mais peut bénéficier d'un soutien coordonné.

3. Appels à dons citoyens, transparents et sans condition

Quand le besoin est plus important, des appels à dons ponctuels peuvent être lancés auprès du public, c'est-à-dire de citoyens, de proches, de soutiens. Mais toujours selon **des règles strictes** :
• transparence totale des recettes et des dépenses,
• plafonnement des dons individuels,
• refus de tout financement opaque ou conditionné.

4. Refus des subventions publiques ou privées

Le choix est clair : aucun financement provenant de l'État, des collectivités, ou des entreprises ne sera accepté. Ce n'est pas un luxe, c'est une exigence pour garantir notre autonomie et éviter toute compromission.

5. Favoriser l'entraide

L'argent ne fait pas tout. L'entraide réduit les coûts : impression solidaire, hébergement militant, covoiturage, prêt de matériel... Tout ce qui permet d'agir avec peu renforce la résilience du mouvement.

6.Informer, documenter, partager

L'information est une arme. Trop de gens ne savent pas ce qui se passe ailleurs, ce qui se tente, ce qui réussit. Il faut donc :

- **tenir un journal local** (papier ou numérique),

- **relayer les expériences** d'autres collectifs,

- **créer des plateformes citoyennes** où chacun peut consulter et publier,

- **établir des liens réguliers** avec les médias indépendants.

Cela permet de **rompre l'isolement**, de diffuser les idées, d'éviter les erreurs déjà commises ailleurs. Et cela crée **un sentiment d'appartenance à un mouvement plus large**, même quand on agit dans un petit village ou une ville moyenne.

Chapitre 8 – De la multitude à l'unité : faire émerger une force populaire crédible

Des groupes locaux existent. Ils échangent, se coordonnent, s'entraident. L'élan est là. Mais sans convergence, sans cap commun, chacun risque de tourner en rond.

Il ne suffit pas d'exister : il faut se doter d'une direction collective.

Ni direction verticale. Ni chef. Une organisation, oui. Mais une organisation vivante, partagée, capable de parler d'une seule voix sans étouffer les diversités.

1. Convergence des groupes : une assemblée représentative et révocable

Chaque groupe local désigne des **délégués** (au mandat court et impérativement révocable) pour participer à une **assemblée départementale**, puis régionale.

Ces délégués ne sont pas des chefs. Ils ne parlent pas en leur nom, mais **portent les décisions de leurs groupes.**

À l'échelle nationale, une **assemblée de convergence** est convoquée.

Pas une instance permanente, mais **un rendez-vous régulier**, tous les six mois par exemple.

Objectif : faire le point, rédiger ensemble les propositions centrales, arbitrer les débats, adopter un cap commun.

2. Rédiger un programme populaire et vivant

Un programme ne doit pas tomber du haut. Il doit **remonter du terrain**, à partir des réalités vécues, des injustices observées, des idées partagées. Pour cela :

- Chaque groupe **recueille les attentes locales**,

- Ces remontées sont **synthétisées à l'échelle régionale**,

- Un **atelier national d'écriture** (ouvert, en ligne et en présentiel) se charge de **mettre en forme les priorités**.

Ce socle doit être :

- **clair**, lisible en 20 minutes ;

- **engageant**, avec des mesures précises ;

- **modulable**, car il sera enrichi sans cesse ;

- **porté collectivement**, et non par une figure isolée.

Ce n'est pas un catalogue : c'est **un socle**, un contrat moral, un engagement.

3. Préparer une stratégie politique sans perdre l'âme du mouvement

Se posera tôt ou tard la question de la représentation nationale : élections municipales, législatives, peut-être même présidentielle.
On ne peut pas faire comme si cela n'existait pas. Mais pas question de tomber dans le piège du carriérisme.

Une stratégie politique est possible, **à certaines conditions** :

1. **Pas de candidats hors du processus collectif**
   Aucun candidat ne peut se déclarer au nom du mouvement s'il ne passe pas par un **processus local de désignation**, validé par son groupe.

2. **Signature d'un engagement moral et politique**
   Tout candidat doit signer un **contrat** : il s'engage à respecter les décisions collectives, à ne pas trahir les idées, à démissionner en cas de rupture avec le programme.

3. **Rotation, non-cumul, limitation stricte des mandats**
   On ne s'engage pas pour faire carrière. On représente pour un temps, puis on revient à la base.

4. **Pas d'alliance d'appareil**
   Aucune alliance avec des partis institutionnels ne peut être décidée sans un **vote majoritaire de la base.**
   Et encore : pas sur la base de calculs électoraux, mais d'un accord programmatique clair.

5. **Un porte-voix, pas un chef**
   Si un candidat unique doit émerger pour représenter le projet, ce ne peut être qu'un **porte-voix désigné par les assemblées régionales**, révocable à tout moment, sans culte de la personnalité.

4. Gagner en puissance sans perdre en cohérence

Ce qui est en jeu, ce n'est pas seulement une victoire électorale.
C'est la **construction d'un mouvement qui dure**, qui transforme en profondeur les manières de faire de la politique.

Un mouvement où chacun peut trouver sa place, où la dignité est restaurée, où les gens reprennent confiance en eux et en leur capacité d'agir.

Ce mouvement ne doit jamais devenir une structure figée.
Il doit rester vivant, mobile, capable de s'adapter, de résister aux récupérations, aux infiltrations, aux tentations d'en haut.

Ce n'est qu'à ce prix – et à ce prix seulement – qu'il pourra être **crédible, rassembleur**, et **emporter l'adhésion d'une majorité populaire**.

Chapitre 9 – Ce n'est pas une utopie : il est temps de se rassembler, de bâtir ensemble

On nous dit souvent : « C'est beau, mais ça ne marchera jamais. » Pourtant, ce n'est pas une question d'avenir lointain, c'est une question d'aujourd'hui. **Ensemble, lançons le changement dès à présent.**

Tout ce dont nous avons besoin pour réussir, c'est de nous rassembler...

Tout ce dont nous avons besoin pour réussir, c'est de nous **rassembler**. Ce n'est pas un projet isolé, ni une initiative locale condamnée à survivre dans son coin. **C'est un mouvement national qui se construit à partir du local, qui grandit avec l'engagement de chacun, mais qui se coordonne pour atteindre une véritable puissance collective.** Ce que nous avons vu jusqu'ici – des initiatives locales courageuses, des actions collectives **– n'est qu'un début**. Louables, mais insuffisantes. Il faut aller plus loin.

Ce dont nous avons besoin, c'est d'une **structure solide** qui porte nos idées à l'échelle nationale, pour en faire un projet **concret, réalisable et fédérateur.**

1.Le projet collectif : une vision partagée

Ce qui se construit localement ne doit plus rester cloisonné. **Il faut créer un cadre commun dans lequel les expériences se croisent, s'enrichissent, se renforcent.** Il s'agit de structurer cette énergie collective à tous les niveaux : local, départemental, régional et national. L'enjeu, c'est de bâtir **un mouvement populaire organisé**, capable d'influer sur les choix politiques, sans partir à la dérive dans des actions isolées, sans direction. **C'est cette cohérence qui fera la différence.**

2. La clé de l'action : une organisation démocratique et décentralisée

Chaque action, chaque voix doit être entendue, mais ensemble, nous avons la force d'unir nos efforts pour faire émerger un véritable contre-pouvoir citoyen.

3.Passer à l'action : de la parole à l'acte

Transformer cette vision en réalité, c'est possible. Comment ? En s'appuyant sur ce qui existe déjà. En renforçant ce qui marche. **En créant les outils qui manquent.** Voici quelques axes concrets :

1. **Créer des lieux de rencontre** où les citoyens peuvent proposer, débattre, construire des solutions ensemble.

2. **Mettre en place une plateforme numérique** pour relayer les idées et les actions.

3. **Fonder des caisses participatives** pour financer les projets collectifs, avec l'appui des ressources locales.

4. **Fédérer les collectifs locaux**, leur permettre d'échanger, de s'entraider, de monter en puissance ensemble.

5. **Faire pression sur les élus** pour qu'ils reconnaissent ce projet populaire et le soutiennent.

4.Comment transformer cette vision en réalité ?

En partant de ce qui existe déjà, en soutenant les projets qui fonctionnent et en **mettant en place les outils nécessaires** pour les amplifier. Voici quelques axes essentiels :

1. **Créer des espaces de rencontre** où les citoyens peuvent proposer, débattre et construire ensemble des solutions concrètes.

2. **Mettre en place une plateforme numérique** pour organiser et relayer les idées et les actions citoyennes.

3. **Créer des fonds participatifs** pour financer les projets collectifs, en s'appuyant sur des ressources locales et des financements solidaires.

4. **Consolider un réseau de collectifs locaux** qui peuvent échanger, s'entraider et renforcer leurs actions en se fédérant sous une même bannière.

5. **Faire pression sur les élus** pour que ce projet populaire soit reconnu et soutenu.

5. L'avenir, c'est maintenant

Ce n'est pas une utopie. Ce n'est pas un vœu pieux. Ce que nous proposons, c'est un **mouvement concret, structuré, stratégique**. Un projet qui se construit étape par étape, avec méthode, avec exigence. Mais à une condition : qu'on commence maintenant. Pas demain. Aujourd'hui.

Alors, donnons un coup de pied dans la fourmilière. Secouons le système. Car ce n'est qu'en agissant collectivement, en unissant nos forces et nos idées, que nous pourrons **renverser la table** et bâtir un avenir à la hauteur de nos exigences.

Chapitre 10 — Comment s'exprimer devant un auditoire

Prendre la parole en public effraie. On se sent jugé, maladroit, parfois illégitime. Pourtant, s'exprimer, c'est souvent le point de départ de tout engagement. C'est ce qui permet de faire entendre une idée, de rassembler, de construire. Ce chapitre s'adresse à ceux qui n'ont jamais pris la parole — et qui pensent qu'ils n'en sont pas capables. La bonne nouvelle, c'est qu'on le devient.

1. N'attendez pas d'être à la hauteur

La peur est normale. Elle ne disparaît pas, mais elle se dompte. Ce que l'on appelle "aisance" vient avec la pratique, pas avec un don mystérieux. Ceux qui vous impressionnent aujourd'hui ont commencé comme vous : avec la gorge serrée, les mains moites, et l'envie de disparaître. Ce n'est pas la performance qui compte, c'est la sincérité. Vous ne serez pas jugé sur la perfection de vos phrases, mais sur la justesse de ce que vous portez.

2. Préparez-vous simplement

Parler en public ne veut pas dire tout maîtriser. Voici quelques repères utiles :

- À qui allez-vous parler ? Un petit groupe de voisins ? Des collègues ? Des inconnus dans une salle municipale ? Adaptez votre ton.

- Quel est le cœur de votre message ? Une seule idée suffit. Deux, grand maximum. Vouloir tout dire, c'est souvent ne rien faire passer.

- Appuyez-vous sur des notes claires. Pas un texte à lire, mais quelques mots-clés, inscrits sur une feuille ou une carte. Ils servent de repère si vous vous égarez.

3. Apprivoisez le trac

Le trac est physique : il accélère le cœur, assèche la bouche, serre le ventre. Vous ne l'éviterez pas, mais vous pouvez le canaliser.

- Respirez profondément avant de parler. Inspirez cinq secondes, expirez lentement.

- Parlez lentement, même si votre corps vous pousse à accélérer.

- Regardez une personne bienveillante dans le public. Cela suffit souvent à créer un lien qui rassure.

4. Trouvez votre voix

Ne cherchez pas à parler "comme il faut". Parlez comme vous êtes.

- Utilisez vos mots, même s'ils sont simples.

- Dites "je". Votre expérience a de la valeur.

- Racontez une histoire. Le récit touche plus que l'argument. Une situation vécue, une scène de vie, un fait précis, marquent plus qu'un raisonnement abstrait.

5. Acceptez l'imperfection

Vous allez chercher vos mots. Vous allez hésiter. Peut-être même que vous allez vous interrompre. Ce n'est pas un échec, c'est la vie. Un discours un peu brouillon mais sincère touche plus qu'un texte appris par cœur sans âme. Le public ressent si vous êtes authentique.

6. Entraînez-vous en petit comité

- Lisez votre intervention à deux ou trois personnes de confiance.

- Enregistrez-vous. Ce n'est pas agréable, mais c'est utile : vous entendrez ce que les autres entendent.

- Commencez par intervenir dans des petits groupes. Une réunion de quartier est un bon terrain d'entraînement. Vous apprendrez à dompter le regard des autres, à ajuster votre ton, à trouver votre rythme.

7. Transmettez plutôt que convaincre

Votre but n'est pas de briller, ni de convaincre tout le monde. Vous êtes là pour partager une idée, une urgence, un désir de changement. Ne cherchez pas à gagner un débat, mais à faire passer une émotion, une volonté, une proposition. Même ceux qui ne sont pas d'accord avec vous écouteront si vous parlez avec cœur.

8. Une parole en entraîne d'autres

Le plus souvent, c'est quand quelqu'un ose parler que les autres s'autorisent à le faire à leur tour. Votre parole est un levier. Elle ne transforme pas tout, mais elle crée un mouvement. Et ce mouvement, c'est lui qui construit l'avenir.

Argumentaire

Pour en finir avec l'impuissance politique

Il ne s'agit pas ici d'un programme, encore moins d'un dogme à suivre.

Ce que vous allez lire, ce sont des propositions de débat, des **angles d'attaque**, des **ouvertures possibles**. Rien n'est figé. Tout peut être discuté, contredit, reformulé.

Mais il faut bien **commencer quelque part.**

Dans les premières réunions, quand les gens se retrouvent autour d'une même table, il est souvent difficile de savoir par quel bout prendre les choses. Trop de colère, trop d'attentes, trop de silences aussi. Ces propositions ont donc un rôle simple : **lancer le débat**. Offrir un point de départ. Donner des mots aux colères, des directions aux espoirs.

Chaque sujet abordé ici **part du terrain**, de problèmes **vécus**, de ce que chacun voit et endure au quotidien. Rien d'abstrait.

On y parle impôts, services publics, logement, démocratie, écologie...

Et pour chaque thème, on pose trois étapes claires :

– **Le constat** : ce qui ne va pas.

– **Les causes** : comment on en est arrivés là.

– **Des pistes** : réalistes, audacieuses parfois, mais toujours discutables.

Ces pistes ne sont pas là pour enfermer. Elles sont là pour provoquer.
Pour mettre à mal l'idée **qu'il n'y aurait pas d'alternative**.
Pour **démontrer, par l'exemple**, que d'autres choix sont possibles — à condition d'avoir le courage d'y réfléchir ensemble.

Alors oui, à partir d'ici, on met les mains dans la glaise. On gratte la surface. On s'attaque au dur.

Et si l'on veut reconstruire du commun, **il faudra bien, un jour, que quelqu'un donne le premier coup de pioche.**

Fiche 1 – Impôts : de l'injustice à l'équité

Le constat

Officiellement, les gouvernements successifs affirment qu'**augmenter les impôts pénaliserait la croissance** et **ferait fuir les investisseurs**. Pourtant, la réalité fiscale a pris un tournant inquiétant. L'**ISF** (Impôt de Solidarité sur la Fortune) a été supprimé, l'**impôt sur les sociétés** a été réduit, et dans le même temps, la *TVA a augmenté, passant de 19,6 % à 20 %. Cette taxe n'est pas comme les autres. Elle **frappe tout le monde de la même manière en pourcentage**, sans tenir compte des revenus. En apparence égalitaire, elle est en réalité **profondément injuste :** **plus on est pauvre, plus la TVA pèse lourd** sur le budget.

Pire encore, **elle s'applique désormais à une multitude de taxes**, y compris sur le carburant, les redevances, ou même certaines écocontributions. Ce n'est pas seulement l'impôt de base qui est élevé : c'est **la pression globale sur les biens de première nécessité** qui devient insoutenable pour les foyers modestes.
Supprimer la TVA rendrait les fins de mois **immédiatement moins dures** pour des millions de personnes.

Pourquoi en est-on arrivé là ?

Cette situation n'est pas le fruit du hasard. Depuis des années, **les gouvernements ont cédé au chantage économique**, préférant séduire les capitaux et « rassurer les marchés » plutôt que défendre la justice sociale.

La fiscalité est devenue une arme politique, utilisée pour **protéger les plus riches**, qui trouvent mille façons de s'y soustraire, pendant que **les plus pauvres sont matraqués** par des impôts régressifs.

La **TVA, impôt injuste par essence**, car elle **taxe davantage ceux qui ont le moins**, a été généralisée sous le gouvernement de Michel Rocard, avec l'aval d'une gauche déjà convertie à l'orthodoxie budgétaire. Elle a ensuite été alourdie et étendue par les gouvernements successifs, qu'ils soient de droite ou de gauche.

Sous couvert d'équité, on a installé un **système opaque et brutal** : les plus **riches** sont **choyés**, les **classes moyennes et populaires, pressurées.**

Quelles pistes pour remettre de la justice ?

☞ **Appliquer à l'impôt le même principe que pour la Sécurité sociale** : chacun contribue **selon ses moyens.**

Ce principe fonctionne pour la santé, les retraites, et les allocations. Il doit s'appliquer à toute la fiscalité.

👉 **Supprimer la TVA**, et la remplacer par **un impôt citoyen unique, progressif**, combinant impôt sur le revenu, le patrimoine et les dividendes. Ce serait un système **lisible, juste et proportionné**, dans lequel chacun paie **en fonction de ses véritables capacités contributives**.

👉 **Mettre en place un véritable impôt sur les grandes fortunes**, ciblant **les patrimoines dormants ou spéculatifs** : portefeuilles boursiers, propriétés multiples, investissements de rente. **Pas les outils de travail.**

👉 **Renforcer la lutte contre l'évasion fiscale**, en **coupant les routes vers les paradis fiscaux**, en instaurant des contrôles robustes sur les flux financiers, et en sanctionnant réellement les fraudeurs.

👉 **Assurer une transparence totale** : chaque citoyen doit pouvoir **savoir où va son argent**, combien il paie, et ce que finance son impôt.
Un portail public clair et accessible mettrait fin à **l'opacité des finances publiques**, et **restaurerait la confiance dans l'impôt républicain.**

*** TVA : Taux en vigueur en France (2024)**

- **Taux normal** : 20 % (la majorité des biens et services)

- **Taux intermédiaire** : 10 % (restauration, transports, travaux d'amélioration du logement, etc.)

- **Taux réduit** : 5,5 % (produits alimentaires de base, équipements pour personnes handicapées, abonnements presse, etc.)

- **Taux super réduit** : 2,1 % (médicaments remboursés, presse imprimée, certains spectacles)

Fiche 2 – Salaires : produire plus, gagner moins ?

Le constat

En France, le travail ne paie plus. Pendant que les profits des grandes entreprises explosent et que les dividendes versés aux actionnaires battent des records, les salaires stagnent ou reculent en pouvoir d'achat réel.

Beaucoup travaillent à temps plein, parfois avec deux emplois, sans pour autant pouvoir vivre dignement. Les classes populaires et moyennes portent l'économie à bout de bras, mais n'en récoltent que les miettes.

Pire : les inégalités salariales se creusent. Les très hauts revenus continuent d'augmenter, pendant que le SMIC devient une norme.
Non plus un seuil minimal, mais un plafond tacite dans de nombreux secteurs.

Les emplois dits « essentiels » — caissiers, aides-soignants, agents d'entretien, ouvriers — sont les plus mal payés.
Pourtant, sans eux, tout s'arrête.

Pourquoi en est-on arrivé là ?

Depuis des décennies, les gouvernements ont organisé un partage profondément déséquilibré de la richesse produite.

La valeur créée par le travail est captée en priorité par les actionnaires, les PDG, les fonds d'investissement.

Le salariat, lui, est sommé de produire toujours plus avec moins : moins de droits, moins de reconnaissance, moins de pouvoir d'achat.

Les cotisations patronales ont été massivement réduites, au nom de la compétitivité et de la relance du pouvoir d'achat.

Mais ces allègements n'ont été assortis d'**aucune contrepartie obligatoire**. Les entreprises ont encaissé les baisses de charges **sans revaloriser les salaires**.

Le marché du travail a été modelé pour tirer les rémunérations vers le bas, sous prétexte de compétitivité et de flexibilité.

La justice sociale a toujours été une promesse sans lendemain, mais la rentabilité financière, aujourd'hui poussée à l'extrême, vise à supprimer jusqu'à l'idée même d'une revendication de justice sociale.

Quelles pistes pour rétablir un rapport juste au travail ?

☞ **Augmenter le SMIC immédiatement**, et fixer un **écart maximal** entre le plus bas et le plus haut salaire dans une entreprise (ex. : de 1 à 12). Le salaire des PDG est inclus dans cette échelle.

☞ **Supprimer toute retraite versée par l'entreprise aux PDG** : leur rémunération ne doit pas générer de privilèges financés par la collectivité salariale.

☞ **Partager équitablement la richesse produite** :

- 40 % versés sous forme de salaires et de primes au personnel,

- 30 % consacrés aux investissements et à l'innovation,

- 30 % maximum pour les actionnaires.
  C'est la seule manière d'assurer une économie réellement productive, juste et pérenne.

☞ **Interdire les délocalisations et les réductions d'effectifs sans accord formel des salariés.** Si l'entreprise n'appartient pas à ceux qui y travaillent, elle ne peut pas se séparer d'eux sans leur consentement. Ce droit de regard est une exigence démocratique.

☞ **Indexer automatiquement les salaires sur l'inflation**, pour préserver le pouvoir d'achat réel des travailleurs.

☞ **Conditionner toutes les aides publiques à des engagements précis sur les salaires et l'emploi.** Aucune subvention sans contrepartie.

☞ **Renforcer la négociation collective dans toutes les branches**, y compris pour les TPE/PME.
Une convention collective ne doit pas être un plafond, mais un filet de sécurité.

☞ **Redonner du poids aux représentants du personnel** : un syndicat fort est une garantie pour défendre les salaires, les conditions de travail et la dignité professionnelle.

☞ **Revaloriser massivement les métiers dits « essentiels »**, souvent précaires, féminisés et sous-payés, en revoyant entièrement les grilles salariales dans le soin, le nettoyage, la logistique, l'alimentaire.

Fiche 3 – Le travail : vers une autre organisation ?

Le constat

Le monde du travail est à bout de souffle. Burn-out, stress chronique, maladies professionnelles, arrêts maladie, perte de sens… Le modèle actuel, fondé sur la productivité à tout prix, use les corps et brise les esprits. Et pourtant, on n'a jamais produit autant. Le paradoxe est total : plus on travaille, moins on vit. Le temps de travail s'allonge insidieusement : heures supplémentaires parfois non rémunérées, temps partiels imposés mais sous-payés, pression constante. Pendant ce temps, des millions de personnes cherchent un emploi, ou vivotent dans la précarité.
Il est temps de changer les règles.

Pourquoi en est-on arrivé là ?

Parce que le travail est encore pensé comme un instrument de domination, non comme une organisation collective au service de tous. Parce que la logique patronale reste la même : extraire toujours plus de rentabilité en un minimum de temps. Parce que les lois du marché dictent leur tempo, au mépris du bien-être humain.

Le progrès technologique, censé libérer du temps, a été confisqué au profit de la compétitivité. On nous vend l'automatisation comme une menace pour l'emploi, alors qu'elle pourrait être une chance si on partageait réellement le travail.

Quelles pistes pour réorganiser le travail ?

☞ **Passer à la semaine de 32 heures sans perte de salaire.**
Répartir le travail, c'est réduire le chômage et améliorer la qualité de vie.

☞ **Valoriser le temps partiel choisi, non subi.**
Le travail ne doit pas coloniser toute l'existence. Travailler moins, c'est aussi avoir du temps pour vivre, aimer, s'engager, respirer.

☞ **Supprimer les contrats précaires à répétition (intérim, CDD de très courte durée) dans les secteurs où les besoins sont constants.**
La précarité ne peut être un mode de gestion ordinaire.

☞ **Donner du pouvoir aux salariés sur l'organisation du travail :**
→ droit d'alerte sur les conditions de travail,
→ droit de veto sur des cadences inhumaines,
→ pouvoir d'initiative sur les méthodes et les objectifs.

☞ **Repenser le sens du travail :**
Toute activité utile socialement (éducation, soin, alimentation, culture, transition écologique) doit être valorisée et financée, même si elle ne génère pas de profit immédiat.

☞ **Reconnaître le travail invisible :**
Celui des aidants, des parents, des bénévoles, des retraités actifs. Ce sont eux aussi qui font tenir la société.

☞ **Mise en place dans toute entreprise d'une gouvernance partagée, où les décisions sont prises collectivement, et non imposées d'en haut.**

☞ **Remettre le temps au cœur du travail :**
Le temps passé n'est pas une perte, c'est ce qui permet la réflexion, la coopération, l'attention aux détails.
Il faut valoriser le travail bien fait, non le rendement à tout prix.
Travailler mieux, ce n'est pas travailler vite, c'est travailler avec sens.

☞ **Protéger l'outil de travail**, en interdisant que les machines quittent l'entreprise sans l'accord du personnel. Cela éviterait que des spéculateurs rachètent une entreprise uniquement pour la dépouiller de ses machines.

Quelques exemples récents le prouvent :

- **UPM à Docelles (Vosges)** : en 2014, les machines d'une papeterie ont été sabotées par la direction pour empêcher une reprise locale.[1]

- **Latécoère à Toulouse** : en 2023, les machines d'une usine flambant neuve ont été transférées vers des pays à bas coûts par un fonds américain.[2]

- **Fralib à Gémenos** : en 2011, les salariés ont dû monter la garde jour et nuit pour empêcher Unilever de retirer les équipements.[3]

👉 **Protéger la santé mentale et physique au travail:**
→ obligation de prévention,
→ reconnaissance du burn-out comme maladie professionnelle,
→ droit à la déconnexion réelle.

Sources

[1] Multinationales.org – Quand les multinationales sabordent la reprise de leurs usines

[2] Question écrite au Sénat sur Latécoère – sénat.fr
[3] 20 Minutes – Les salariés de Fralib renoncent à leurs vacances pour surveiller leur usine

Fiche 4 – Repenser la richesse : que produit-on, pour qui, et pourquoi ?

Le constat

La richesse n'a jamais été aussi élevée à l'échelle mondiale. Les profits des grandes entreprises explosent, les dividendes versés aux actionnaires atteignent des sommets, et les grandes fortunes privées se multiplient rapidement.

Et pourtant, ce qui devrait être le signe d'un progrès collectif se traduit paradoxalement par un recul des services publics, un creusement des inégalités économiques et sociales, ainsi qu'une dégradation généralisée des conditions de vie de nombreux citoyens.

Ce que nous appelons aujourd'hui « richesse » ne profite plus à la société tout entière, mais est captée majoritairement par une minorité qui concentre capitaux et pouvoir.

Le modèle économique dominant privilégie la rentabilité immédiate, souvent au détriment de la stabilité de l'emploi, de la cohésion sociale, et même parfois de la pérennité des ressources économiques.

Le PIB augmente, certes, mais il faut se demander à quel prix.

Nous produisons davantage, oui, mais souvent des

produits et services qui ne répondent ni aux besoins fondamentaux, ni à une amélioration durable du bien-être collectif : malbouffe, obsolescence programmée, dépendance aux énergies fossiles, spéculation financière...

La richesse, telle qu'elle est comptabilisée, ne mesure plus ce qui fait réellement la qualité de vie. Ce n'est pas la quantité de richesse qu'il faut faire croître, mais la qualité et l'utilité sociale de cette richesse qu'il faut repenser.

Pourquoi en est-on arrivé là ?

Parce que nous avons confondu valeur économique et valeur sociale.

Produire des armes, spéculer sur les céréales, vendre des SUV énergivores ou des produits financiers complexes et risqués : tout cela contribue à augmenter le PIB.

Mais soigner des malades, éduquer les jeunes, réparer des infrastructures, cultiver des aliments sains, recycler les déchets, accompagner les personnes âgées : toutes ces activités sont largement sous-évaluées, parfois même ignorées dans les calculs officiels.

Par exemple, en 2022, le secteur financier représentait 6,8% du PIB mondial, selon la Banque mondiale. Or, ce secteur, en contribuant peu à l'amélioration effective du bien-être humain, génère paradoxalement des crises économiques, accroît la spéculation et creuse les inégalités.

Cette confusion vient aussi du fait que nous avons laissé le marché décider ce qui mérite d'être produit, en fonction uniquement de la rentabilité. Même des biens communs essentiels — comme l'eau potable, la santé ou la nature — sont de plus en plus marchandisés.

Dans certaines grandes villes, comme Buenos Aires, la privatisation de l'eau a entraîné une forte hausse des prix, rendant l'accès difficile pour une large part de la population.

De plus, les puissances financières décident désormais de l'allocation des ressources, non pas en fonction des besoins réels des populations, mais selon la maximisation des profits.

Un exemple frappant est la crise du logement dans les grandes métropoles : l'achat massif d'immobilier par des fonds d'investissement étrangers cherchant à maximiser leurs gains provoque des hausses de loyers.

À Paris, certains quartiers sont devenus inaccessibles pour les habitants modestes, ce qui fragilise la mixité sociale.

Quelles pistes pour repenser la richesse ?

☞ **Changer ce que nous comptons comme richesse.**
Il est indispensable de repenser notre conception de la richesse. Le PIB, indicateur dominant, ne reflète pas la qualité réelle de la vie, la justice sociale, ni la durabilité des systèmes économiques.

Aujourd'hui, la croissance économique inclut des secteurs qui profitent essentiellement à une minorité — comme la spéculation financière ou les industries polluantes — tout en négligeant des domaines fondamentaux pour le bien-être collectif : santé publique, éducation, ou préservation des ressources essentielles.

Il faut introduire des indicateurs complémentaires qui mesurent par exemple la santé des écosystèmes, l'accès effectif aux droits fondamentaux, ou la qualité et la présence réelle des services publics sur le terrain, au plus près des citoyens.

Ces indicateurs devraient aussi prendre en compte la qualité des relations sociales et l'épanouissement humain. Une société ne peut être mesurée uniquement à travers sa productivité économique, mais aussi à travers la solidarité et la qualité de vie de ses membres.

Ce changement de regard permettrait de concevoir une économie plus juste et équilibrée.

Exemple :

Le Bonheur National Brut (BNB), introduit au Bhoutan en 1972, est un indicateur alternatif au PIB qui prend en compte le bien-être social, culturel et environnemental. Il guide la politique économique du pays vers une vision plus globale du progrès. (Source : GNH Centre)

👉 **Réorienter la production vers ce qui est utile.** Produire doit avant tout répondre à des besoins sociaux et collectifs, et non à la logique purement rentable de quelques acteurs économiques. Il faut sortir des pratiques absurdes qui sacrifient les conditions de vie et les ressources au profit exclusif des actionnaires.

Exemple :

Fairphone propose des téléphones mobiles modulaires, fabriqués avec des matériaux responsables et pensés pour être réparables. Cette approche conteste la logique d'obsolescence programmée imposée par les grands acteurs du secteur. (Source : Fairphone)

☞ **Relocaliser les productions essentielles**. Les secteurs stratégiques — agriculture, énergie, santé, transports — doivent être protégés des logiques de marché et inscrits dans une planification adaptée aux besoins locaux.

Relocaliser ces productions améliore la résilience économique, limite les dépendances extérieures, et permet une gestion plus directe et responsable.

Exemple :
La Ferme de la Haye en Bretagne produit des légumes biologiques en circuit court et emploie localement. Cette initiative propose une alternative concrète à la grande distribution et aux chaînes de production industrielles. (Source : La Ferme de la Haye)

☞ **Mettre fin aux niches fiscales inutiles et rétablir une fiscalité juste**.
Les grandes entreprises doivent contribuer aux finances publiques proportionnellement à leurs profits réels.

Les aides publiques doivent être strictement conditionnées à un impact positif, mesurable et durable sur la société.

L'optimisation fiscale abusive prive les États des ressources indispensables au financement des services publics.

Exemple :
En 2020, Amazon a payé seulement 0,3% d'impôts sur ses profits en France, grâce à des mécanismes d'optimisation fiscale. Ces pratiques privent les États de ressources nécessaires au bien commun. (Source : Oxfam)

☞ **Instaurer un droit de regard citoyen sur les orientations économiques.**

Il est essentiel que les citoyens disposent d'un pouvoir réel pour influencer les décisions économiques.

Actuellement, ces décisions sont souvent prises par des conseils d'administration ou des lobbyistes, éloignés des réalités quotidiennes des populations. Ces choix dictés par la rentabilité à court terme ne tiennent pas compte des besoins réels ni des enjeux sociaux à long terme.

Permettre une participation directe des citoyens à la définition des priorités économiques est une étape fondamentale vers plus de démocratie économique.

Exemple :

À Rennes, une assemblée citoyenne a permis d'associer les habitants aux décisions concernant l'urbanisme, les services publics, et l'environnement. Cette expérience montre la faisabilité d'un contrôle populaire des choix économiques. (Source : Le Monde)

👉 **Valoriser les métiers utiles mais mal rémunérés**. Soignants, enseignants, agents d'entretien, agriculteurs, artisans, animateurs… ces professionnels contribuent au bien-être collectif et à la cohésion sociale.

Ils doivent être reconnus, mieux payés, et mieux protégés.

Exemple :

La revalorisation des salaires des infirmières en France, portée par les mouvements sociaux de 2020-2021, a mis en lumière l'importance de ces métiers. Néanmoins, ces mesures restent insuffisantes au regard du rôle crucial qu'ils jouent. (Source : La Presse)

👉 **Faire barrage à la spéculation financière**. La finance ne doit pas devenir un jeu de hasard où certains profitent des difficultés des autres.

Interdire les fonds vautours, taxer les transactions financières et réguler strictement les marchés dérivés sont des mesures nécessaires pour réduire les risques systémiques.

Exemple :
En 2001, les fonds spéculatifs ont aggravé la crise de la dette en Argentine, causant un effondrement économique majeur. Le pays a dû négocier un rééchelonnement pour défendre sa souveraineté financière. (Source : Le Figaro)

👉 **Faire primer l'intérêt général sur les profits privés**.
Les infrastructures vitales — logement, eau, énergie, transports publics, santé — doivent être retirées des logiques de rentabilité.
L'État, les collectivités, les coopératives ou les communs doivent pouvoir assurer leur gestion pour garantir l'accès de tous.

Exemple :
En 2010, la ville de Paris a repris en gestion publique son service de l'eau après 25 ans de privatisation. Cette décision a permis une baisse des prix et une

amélioration notable de la qualité de l'eau. (Source :
Le Parisien)

☞ **Ne pas laisser l'Union Européenne décider à notre place**, c'est affirmer un **attachement profond à la souveraineté nationale** et à une prise de décision réellement démocratique, exercée au plus près des citoyens.

Dans sa volonté d'uniformisation, l'Union Européenne impose des politiques économiques, sociales et environnementales qui, trop souvent, ignorent les réalités concrètes, les traditions, les besoins et les rythmes propres à chaque peuple. Derrière une façade de coopération, c'est bien souvent une technocratie centralisée qui gouverne, par le biais de directives élaborées loin du terrain, parfois même en contradiction avec les volontés populaires.

Ces décisions, prises dans des cercles éloignés et peu accessibles au citoyen ordinaire, produisent des effets immédiats sur la vie quotidienne : perte de contrôle budgétaire, désindustrialisation, remise en cause de certains droits sociaux, ou encore adaptation forcée à des normes inadaptées.

Refuser que d'autres décident à notre place, ce n'est pas rejeter toute forme de concertation européenne, mais réclamer que **la souveraineté ne soit pas vidée de sa substance**.

Chaque nation doit pouvoir définir librement ses priorités, ses équilibres, ses urgences. Le principe de subsidiarité, trop souvent invoqué mais rarement appliqué, devrait garantir que ce qui peut être décidé au niveau national ou local **le soit pleinement**, sans ingérence inutile.

Il ne s'agit pas de se fermer au monde, mais de **choisir lucidement ce que nous acceptons de déléguer, et ce que nous voulons maîtriser**.
Ne pas laisser l'Union Européenne décider à notre place, c'est défendre une **Europe des nations libres**, une Europe de coopération respectueuse, et non une Europe des injonctions. C'est redonner aux peuples leur voix et leur capacité d'agir sur leur destin.

Fiche 5 — Le logement : de la rente privée à l'habitat digne pour tous

Le constat

Les loyers explosent. Acheter, c'est s'endetter sur trente ans.

Le logement est devenu la première cause de précarité.

Et pendant ce temps, plus de trois millions de logements restent vides, volontairement maintenus hors du marché, en attendant que les prix montent.

Une poignée s'enrichit. Beaucoup s'appauvrissent. Certains dorment dans leur voiture, pendant que d'autres gagnent de l'argent en dormant.

Pourquoi en est-on arrivé là ?

Parce qu'on a laissé faire.

Parce qu'on a remis les clés du logement au marché.

Parce qu'on a détricoté les HLM, supprimé les aides à la pierre, et multiplié les cadeaux fiscaux avec des dispositifs comme Pinel ou Airbnb.

Parce qu'on a considéré le logement comme un produit financier, non comme un droit fondamental.

Résultat : la spéculation prospère, pendant que des familles entières glissent dans l'angoisse du loyer, ou dans la rue.

Quelles solutions apporter ?

- Encadrer les loyers, partout, durablement, et sans dérogations.

- Réquisitionner les logements vacants appartenant à des foncières, banques ou grands groupes.

- Relancer un vrai plan de logement public, confié aux collectivités locales, en s'appuyant sur des circuits courts pour la rénovation comme pour la construction.

- Faciliter l'achat pour les revenus modestes, avec des prêts à taux zéro garantis par l'État.

- Supprimer les niches fiscales qui nourrissent la spéculation immobilière.

- Refuser l'exclusion urbaine : mener une politique du logement qui permette aux classes populaires de vivre dans les centres-villes, et non d'en être expulsées par la rentabilité à court terme ou le tourisme de masse.

Fiche 6 — La santé : du désert médical à l'accès universel

Le constat

Des millions de Français n'ont plus de médecin traitant.

Les urgences ferment, les rendez-vous s'espacent, les soins deviennent un luxe.

Dans trop de territoires, on meurt faute de soins.

Pourquoi en est-on là ?

Parce qu'on a géré la santé comme une entreprise. On a supprimé des lits, fermé des hôpitaux, compté les soins à l'acte.

Et on a laissé les jeunes médecins s'installer là où c'est rentable, pas là où c'est utile.

Parce qu'on a réduit la médecine à une gestion de flux et de tableaux Excel.

Quelles réponses apporter ?

- Créer un réseau de **centres de santé publics**, avec des médecins **salariés**, sur tout le territoire.

- Rétablir le **médecin de famille**, reconnu, respecté, sans paperasse inutile, et justement rémunéré.

- Instaurer un **exercice obligatoire en zone sous-dotée** pendant quelques années, pour tout nouveau diplômé, accompagné d'un cadre de travail stable et attractif.

- Rouvrir des **hôpitaux et des maternités de proximité**, dans les bassins de vie, même mutualisés entre plusieurs communes.

- **Rembourser à 100 % les soins essentiels**, sans dépassements d'honoraires.

- Sortir la santé des logiques de rentabilité, et la remettre **au service de la vie humaine**.

Fiche 7 — L'éducation : de l'ascenseur en panne à l'école de l'émancipation

Le constat

Les inégalités scolaires explosent.

Les enseignants sont démotivés, mal formés, mal payés.

La discipline n'a plus cours.

Les programmes sont vidés de leur exigence, d'année en année.

Aujourd'hui, l'école trie plus qu'elle n'émancipe.

Et les grandes écoles restent fermées aux enfants du peuple.

Pourquoi en est-on là ?

Parce qu'on préfère bricoler les programmes que s'attaquer aux vraies inégalités.

Parce qu'on a abandonné l'autorité des enseignants.

Parce qu'on a renoncé à transmettre, et laissé l'école devenir un lieu de passage plus qu'un lieu d'élévation.

Quelles réponses apporter ?

- Affecter les **enseignants les plus expérimentés** là où c'est le plus dur — avec une **véritable reconnaissance salariale et morale**.

- Faire de l'école **une école du savoir, pas du renoncement.**

- Restaurer **la discipline et le respect**, pour garantir un cadre stable et propice à l'apprentissage.

- Réintroduire une **instruction civique exigeante**, centrée sur les droits, les devoirs et la responsabilité.

- **Former les enseignants avec rigueur**, en renouant avec l'esprit des anciennes écoles normales. Un enseignant doit savoir écrire sans faute.

- Repenser les **méthodes d'apprentissage** : c'est à l'école d'enseigner, pas aux familles de compenser.

- Réduire les effectifs : **pas plus de 25 élèves par classe**, pour que chaque élève compte vraiment.

- Offrir un **soutien scolaire gratuit**, intégré à l'école, toute l'année.

- Réformer l'accès aux grandes écoles : **mettre fin aux concours faits pour les initiés**, et

ouvrir réellement les portes aux talents de tous milieux.

- Faire de l'école **un lieu d'émancipation.**

Fiche 8 – Élaborer des propositions locales dès la première réunion

Dès la première réunion, il est essentiel de ne pas se contenter de constats ou de colères partagées. Une dynamique ne tient pas dans la seule dénonciation. Pour qu'un groupe prenne racine, il doit rapidement se fixer des objectifs concrets, ancrés dans le réel.

Pourquoi faire des propositions dès le début ?

- Donner une direction claire à l'énergie collective.

- Montrer qu'il est possible de réfléchir et de décider entre citoyens.

- Créer de l'envie d'agir, car une idée concrète mobilise plus qu'une indignation abstraite.

- Poser les bases d'actions locales utiles, sans attendre des changements venus d'en haut.

Comment faire émerger ces propositions ?

- En partant des préoccupations locales.

- En croisant les expériences, les savoirs, les vécus.

- En privilégiant ce qui peut être mis en œuvre localement, même à petite échelle.

- En s'appuyant sur les compétences disponibles dans le groupe.

- En laissant la place à plusieurs idées, sans chercher d'emblée le consensus parfait.

Comment structurer la discussion ?

- Une personne peut prendre des notes visibles par tous.

- On peut noter les problèmes soulevés d'un côté, et les pistes de solutions de l'autre.

- Puis on discute de ce qui semble prioritaire, faisable, motivant.

- Enfin, on retient une ou deux propositions simples à explorer ou tester.

Et ensuite ?

Dès cette première réunion, il est important de confier des responsabilités aux volontaires. Chaque personne ou petit groupe peut approfondir une proposition retenue : recueillir des informations, consulter des documents, rencontrer des acteurs locaux, formuler une version plus précise.

Cela permet, lors de la réunion suivante, d'avancer sur des bases concrètes, de nourrir le débat et de définir des pistes d'action réalistes.

Enfin, **communiquer localement est indispensable** : un communiqué de presse peut être rédigé pour informer les médias de la démarche engagée, des thèmes retenus et des prochaines étapes. Cela donne de la visibilité, valorise l'engagement, et peut susciter de nouveaux soutiens.

ÉPILOGUE

Ne vous laissez pas récupérer

Tout mouvement populaire sincère, enraciné, autonome, attirera tôt ou tard les convoitises. Partis politiques, syndicats, groupes organisés : certains viendront avec des sourires, des compliments, des offres d'aide.

Mais il faut être clair : **la récupération est une forme de dépossession.**
Et ce que vous êtes en train de construire n'a pas vocation à être absorbé par des appareils qui, pour la plupart, ont déserté le réel depuis longtemps.

Rester libre, c'est rester vigilant

Ce n'est pas un appel à la méfiance permanente. C'est un appel à la lucidité.

Les **Groupes d'initiative citoyenne** doivent poser des règles simples :

- Aucun porte-parole désigné par un parti ;

- Aucun financement ou matériel fourni par une structure extérieure ;

- Aucune bannière autre que celle choisie collectivement ;

- Pas de place pour les carriéristes ni les stratèges d'arrière-salle.

👉 Le danger vient souvent déguisé

Ceux qui voudront "aider" peuvent être sincères. Mais leur logique n'est pas la vôtre.

Leur priorité est électorale — la vôtre est sociale. Ils penseront "voix", vous penserez "voix qu'on n'écoute plus".
Ils penseront "discours", vous penserez "pain, logement, dignité".

Ne laissez personne parler à votre place. Les Groupes d'initiative citoyenne doivent rester **libres, égaux, enracinés, transparents.**

👉 Si c'est vous qui décidez, ce n'est pas une récupération

Cela ne veut pas dire rester isolés.
Cela veut dire **garder l'initiative.**

Rencontrer, dialoguer, oui —
Mais **sans jamais remettre les clés à qui que ce soit.**

C'est vous qui devez dire ce que vous voulez. Pas eux. Et c'est le peuple, organisé localement, qui doit faire remonter sa parole.
Pas l'inverse.

« Au seul service de la volonté du peuple. »

C'est là notre boussole, notre arme et notre horizon. Chaque action, chaque débat, chaque engagement doit s'inscrire dans cette exigence : faire triompher la volonté collective face aux intérêts qui nous écrasent. Ce livre n'est pas un simple constat, ni un cri isolé. Il est un appel à l'organisation, à la fraternité active, à la construction d'une société nouvelle où le pouvoir ne sera plus confisqué, mais porté par ceux qui la vivent et la font vivre.

Dès aujourd'hui, partout où vous êtes, dans vos quartiers, vos lieux de travail, vos cercles d'amis, commencez à discuter, à débattre, à bâtir des relais d'action. Ne laissons plus les décisions se prendre sans nous, ni contre nous. Il est temps d'imposer la volonté du peuple, sans concession, sans délai.

Ensemble, nous sommes la force qui fera trembler les murs de l'ordre établi. Au seul service de la volonté du peuple, notre combat est juste et il est inévitable.

Table des matières

PRENEZ VOTRE DESTIN EN MAIN
DONNEZ UN COUP DE PIED DANS LA FOURMILIÈRE
AU SEUL SERVICE DE LA VOLONTÉ DU PEUPLE

Du même auteur

Aux Editions BoD. Books on Demand

- **Le Tyran de Saint Maurice sous les Côtes**

- **Les Ombres du Temps Passé**

- **AVIGNON, tes remparts agonisent**